김종철 시선집

김종철 시선집

KIM JONG CHUL
ANTHOLOGY OF POETRY

00 문학수첩

서문

　2016년 7월 5일《김종철 시전집》을 발간한 지 벌써 7년이란 세월이 흘렀다.

　여덟 권의 시집을 한 권으로 묶어서 만든 시전집은 갖고 다니며 읽기에는 너무 두껍고 무거웠다.

　평소에 좋아하던 시들을 넣어 한 권의 시선집을 만들었다.

　쉬어 가는 페이지로 간간이 사진도 넣었다.

　시전집의 시들을 처음부터 끝까지 읽다 보면 시 작품들을 통해 김종철 시인이 어떻게 태어나서 어떻게 살았으며 어떻게 죽었는지를 알 수 있다.

　김종철 시인의 전 생애 중에 67분의 40을 같이 살았다.

시인이 40년 동안 쓴 시들을 나는 너무 잘 알고 있다.

그런데 이번에 시들을 고르며 40년 전에 쓴 시들이 마음에 더욱 와닿는 것은 무슨 이유일까?

2023년 3월 3일 12시 바람 불고 있음

엮은이 강봉자

차례

재봉

사시사철 눈 오는 겨울의 은은한 베틀 소리가 들리는
아내의 나라에는
집집마다 아직 태어나지 않은 마을의 하늘과 아이들이
쉬고 있다
마른가지의 난동暖冬의 빨간 열매가 수실로 뜨이는
눈 나린 이 겨울날
나무들은 신의 아내들이 짠 은빛의 털옷을 입고
저마다 깊은 내부의 겨울 바다로 한없이 잦아들고
아내가 뜨는 바늘귀의 고요의 가봉假縫,
털실을 잣는 아내의 손은
천사에게 주문받은 아이들의 전 생애의 옷을 짜고 있다
설레이는 신의 겨울,
그 길고 먼 복도를 지내 나와
사시사철 눈 오는 겨울의 은은한 베틀 소리가 들리는

아내의 나라,

아내가 소요하는 회잉懷孕의 고요 안에

아직 풀지 않은 올의 하늘을 안고

눈부신 장미의 아이들이 노래하고 있다

아직 우리가 눈뜨지 않고 지내며

어머니의 나라에서 누워 듣던 우레가

지금 새로 우리를 설레게 하고 있다

눈이 와서 나무들마저 의식儀式의 옷을 입고

축복받는 날

아이들이 지껄이는 미래의 낱말들이

살아서 부활하는 직조織造의 방에 누워

내 동상凍傷의 귀는 영원한 꿈의 제단,

이 겨울날 조요로운 아내의 재봉 일을 엿듣고 있다

초청

길고 어두운 내 겨울의 집을 방문해 주오
한 마리 새도 울지 않은 이 설원에 오래전부터 눈덮인
목책의 문을 열어 두었다오.
몇 번의 헛기침이 은세銀細의 뜰과 집 밖을 쓸어 모으고
당신을 맞을 한잔의 차를 달이는
장미나무가 소리 내며 타고 있다오.
벽틀에 내숙內宿하는 고요한 십삼 회기回忌의 아내의
외로운 그 겨울의 야반夜半이 늘 내려와 앉아
나의 젊은 사생활에 동결된 시간은
지난 사랑의 모음들을 흩날려 주고 있다오.
잠의 숲에 내린 눈 잎마다 쌓이는 푸른 달빛이
잠든 아내의 흰 이마에서 서러운 빛의 둘레로 가라앉을 때
내부를 밝히는 나의 가장 어두운 환상이
한겨울의 깨어 있는 신의 십이 음을 엿들으며

기다리고 있다오.

날마다 찾아오는 아내의 지환^{指環}의 둘레 안에서

하얗게 시어 가는 눈머는 나의 겨울.

밤마다 메마른 골수에 감겨드는 차가운 소멸도

저 조그만 세상의 소요도

이젠 들리지 않는

눈 덮인 외로운 내 겨울의 집을 방문해 주오.

공중전화

날마다 어두운 모음의 저편에서
거래하는 화제를 나는 엿듣는다.
홀로 생활을 계속하는 사람의
행방의 깊이를 측정하는 청각의 줄에 닿아서
일상의 남자들과 여자들이 참여하는 내용은
나의 의식의 맨 끝에서 빙글빙글 돌며 섰고
때로는 나의 감성의 긴 줄에 누전되어
나의 전신을 마비시켜 버리지만
저 깊은 나락을 향하여 이끄는
스물두 개 프리즘을 통과하는 무서운 모의가
말사스 시대의 기관지염으로 나를 고생하게 한다.
아직 떠나지 않은 회화의 내면을 기어 다니는
거리의 공복과 기침이
조용한 나의 예감에 무게를 실리고 내려앉는다.

나는 물체의 모양만 남은 여러 승객들과

붐비는 버스에 십오 관을 하회하는 체중을 실리고

돌아오는 나의 인식이 그것들의 귀를 열게 한다.

내가 채 못 더듬은 불과 이할 내지 삼할의 질서 밖에서

개인의 통행의 한때를 일깨울 때

홀로 생활을 계속하는 사람은 피곤한 행방의 이마를 짚고

다른 어떤 내약의 뒤편에서

그의 먼 탐색의 수화기를 올리고

내 일상에 연결된 일대의 고요를 엿듣고 있을 것이다.

개인적인 문제

나는 이미 알고 있었다네.
죽어 있는 것들의 귀가 열린 깊은 야반^{夜半}에서
밤의 깊은 촉수가 내려지고
의식의 종이 암흑의 공복 속을 채우며 흔드는 소리를.
이미 나의 영구^{靈柩}에는 한 사내의
지난 22년간의 죽은 여름이 와서 지키고 있는 것을.
떡갈나무 관 속에 누워 있는 영원의 밑바닥을 밝히며
기어 다니는 무수한 의식의 야광충,
밤마다 나는 잃은 초원의 기억을 헤아리며
그것들의 눈과 감촉이 되어 기다렸었네.
사계의 톱질 소리가 멈추었고,
먼 잔잔한 초록빛 바다
그리고 여러 날의 고요한 소멸과
한 영혼의 내통^{內通}하지 않은 깊이를 측정하고.

몇 개의 덧난 여름을 치열^{治熱}하며
복음서도 온전히 읽어 보았네.
허나 나의 속에는 아직 타다 남은 몇 개의 불면이 뒹굴며
석탄질의 알 수 없는 문제들 속에서
나는 신음하며 지냈네.
나는 오래도록 나의 안으로 열린 미개지로부터
머물 집을 갖지 못했고
밤마다 내 곁에는
조금씩 소멸하는 사나이들의 야반이 조여져 있었네.
그때 나는 비로소 한 불우한 젊은 사내의
현신을 보았었네.
미로에 빠진 그 수척한 얼굴이 나의 생애를
톱질하고 있었다네.
장례식의 종이 그의 죽은 청각의 줄에 떨리며 가 닿았

을 때

　고요를 향해 내려가는 떡갈나무 관의

　거칠은 노동과 꿈의 침상 속에

　그의 시대를 뚜껑 닫는 불면의 못질 소리가

　아아, 젊은 우리의 것으로 도처에서 들려왔었네.

　나는 밤마다 그의 부름을 받아

　아무도 열지 않은 죽은 악기의 한가운데에서

　그의 안식을 켠다네.

　고요의 틀 속에 누워 있는 그 외로운 야반에서……

시각의 나사 속에서

나는 시계를 고치는
수리공이에요
날마다 몇 장의 지폐로 바뀌는 처세를
고장 난 분침의 내장 속에 끼워 두고
시간의 목이 달아난 사람들의,
생활의 안쪽을 하나씩 뜯어내요
그때마다 쇠약해진 뇌리의 시각 사이를
나는 추처럼 뛰어다녀요
떨어져 나간 언어의 잔뼈마다
의식의 핀을 꽂고
개인의 균형을 비끄러매요
나의 바른쪽 눈알에
정확히 들어와 앉아 있는 나사의 구조를
비집고, 비틀거리며 나가는 그의 질서

조그만 집과 아내를 가진 그의 골목은 기울고
류마치스를 앓는 그의 가구 속에는
부러진 언어의 내출혈
죽은 기억의 모래
망가진 우상의 악몽
지쳐 있는 박테리아의 병상이 뒹굴고
내 눈에 확대되어 있는 그의 공동 속에서 나는
아직 획득되지 못한 노동의 일부를 집어내요
톱니바퀴의 관절마다 23.5도로 매달린
그의 일상의 규격을
나는 남몰래 플라스틱 영혼으로 갈아 끼워요
그러나 당신의 공복은 갈아 끼우지 못해요
건조한 일상의
어떤 7포인트 시력의 독서 중에

늘 보는 꿈의 일부가
나의 등 뒤에 돌아와 눕는 시각에
알 수 없는 어둠의 나사는
조금씩 나의 공동을 죄고 있어요

나의 암^癌

한 무리의 미친 개 떼들이
나의 일상의 사나운 공허를 물어뜯고 있다.
할퀸 어둠 속에
늙은 사자^{死者}들의 골격이 드러나고
뚫어진 깊은 공동이 확대되어 가고 있다.
나의 대뇌 구석구석에 박혀 있는
몇 개의 생활적인 미신과
십자가 위에서의 마지막 일곱 마디 말이
기어 나와 골절되어 뒹굴고.
창고에서 부엌에서 서랍에서 책갈피 안에서
빈곤한 우리 집의 먼지 낀 내막^{內幕}이
야맹증에 걸려 있다.
매일 되풀이되는 사물의 이름 위에
메마른 경험의 사막은 차오르고

불면의 눈썹에
짙은 별이 떨어지고
발가벗겨진 나무들 사이에
거칠은 우기가 오래 거닐고 있다.
낡아빠진 악몽과
꿈의 만성 동맥경화증이
밤마다 변덕스런 근시의 꿈속으로
가벼이 굴러떨어지고
하나하나 열려 있는 미로 위를
나는 매초 이십구 피트의 속도로
어둠의 페달을 밟았다.
온 거리는 속어 뒤에 숨어 있고
도시의 청소부들은
언어중추의 낮은 지붕을 조심조심 타면서

회화의 찌꺼기를 쓸어 내고 있다.
석탄재가 가득 찬 내 생활의 복부에
소시민의 굴뚝들이 매달려
수천 갈론의 피를 퍼내고
매일 일 톤짜리 파멸이
나의 시력을 완강하게 비끄러매고 있다.

비

나무들이
발바닥을 드러내고 걸어 다닌다.
음성^{陰性}을 갖는 낱말의
발목 관절이 쑤셔 온다.
안경 속에 쪼그리고 앉아 있는
시간의 눈을 닦는다.
붉은 벽돌이 등을 떨면서
내 눈에 떨어진 뒤,
의식의 원자들 틈에 나는
분해되어 끝없이 하강한다.
시간의 핵이 거리마다
달음박질치고
일상의 왼쪽 손목에
돌고 있는 세 개의 외국산 철침을 끌어내고

웅성이는 전화번호 책의 활자,
빈 식기가 부딪는 흰 음향이
들끓는 빛의 살 속에
그 무게로 가라앉는다.
살아 있는 것들의 율동 속에서.

밤의 핵

집집마다 악성의 오뇌를 실은 짐수레들이
자정의 메마른 풀빛을 타고
몰래몰래 빈사의 도시 바깥으로 빠져나간다.
모든 길은 어둠 속으로 트이고
밤새 나는 무의식의
컴컴한 여러 힘에 갇혀 있는 한 개의 떠는 초침,
빗장을 두 겹 지른 보수적인 꿈들이
골병든 시간의 등골뼈 위에
앙상한 등을 드러내고
가을내 품고 다닌 나의 지극한 슬픔이
한 줌 질흙으로 가슴속에 말라붙고
한나절 쌓여 있는 오염의 껍데기에
절망의 삽질 소리가 더욱 깊이를 가질 때
나의 질병은 더욱 황폐해진다.

헐벗은 북북서풍에
허리까지 묻혀 있는 마을 하나가
나의 대뇌 속에 문득 와 머문다.

나의감기

온몸에예감의비늘이돋는다.
살가죽의숨구멍마다극한極寒이와닿는다.
그리고빠져나간다.
몇알의아스피린을복용하고
나의이마에
조심스럽게자라나는하나님의
경험을열두번못질하고
바짝조인언어의속살에못질하고
몸져누워있는한낮의집중을얽어맨다.
깨어있는육감마다첫서리내리듯
흰그을음이앉는다.
나의관능에와닿는무분별,
나는그익숙한구멍마다사납게
박힌다.

길잘들인등피의

내밀한어스름처럼축축한미열이

모래톱처럼내면에깔려지고

반짝이는문장의갈피마다

순수의낱자가달아나고

옆구리에머문시간의통증을몰래털어낸다.

서툴게삼동을털어내고기웃거리다가

며칠간의무거운신열을

방속의아랫목에풀어놓고

시간의관절을묶어놓고

은종이같이가볍게말려있는호흡기장애를

하나씩꿰매고

온몸에풀어진탄력의태엽을감는다.

나의 잠

뜰에 나가 삽으로 밤안개를 퍼내었다.
간밤의 불가해한 상형문자도 기어 나와
집집의 안 보이는 내분비선을 적시고
늘 보는 꿈의 눈까풀에까지 매어 달렸다.
어둠에서 어둠으로 통하는 나의 악몽은
십사 관 오백 근의 무게가 나간다.
골목에 빠져 있는 일상은
보이지 않는 경험의 이목구비에
밤이 되어 드러눕는다.
이천 피트의 자정, 내 꿈의 천장에
하나씩 작은 빗방울로 맺혀
온 집안을 가라앉히고
하나의 빗방울마다
수천의 우산이 웅성이며 걸어 나와

잠의 마룻바닥을 삐걱거린다.
하루의 죽음 위에는
금^金 은^銀 동^銅 철^鐵 목^木 석^石으로 만든
거리의 작은 신들이 거닐고
풀어 놓은 의식의 어디에나
어두운 삽질 소리에
뼈만 남은 절망이 불을 밝히고
불면에 타다 남은 새까만 자정을
잠든 도시의 하반신에
가득가득 채웠다.
밤새도록 어금니가 빠진 꿈의 공동을 밟고
밤 두세 시의 갖가지 도둑이
나의 중추신경을 잡아당기며
떼를 지어 내려가는 것을 나는 보았다.

바다 변주곡

해풍의 머리카락을 날리며
바다로 떠난 사내들의
신앙을 기다리며
집집마다 바다 꿈을 꾸는
여인들의 눈썹은 더욱 짙어진다
이미 여러 번 떠난 바다 사나이와
그들의 해신이 오래오래 돌아오지 않는다
모든 시간은 바다로 뛰어들고
한나절 그물코를 깁던 손들의 꿈이
한 장의 머플러를 두르고
겁 많은 바다새의 얕은 잠을 돌아서
흰 눈발이 내린다

그날 사나이의 뒤척이는 이물 위로

검은 운명이 뛰어오르고

시린 밤바다는

흰 뼈의 달빛을 한 배 가득 싣고

잠든 여인의 흰 꿈 위에 불쑥 떠올랐다

물에 빠진 오필리어의 관능 속으로

해묵은 육지인의 정결한 뼈가 서서히 가라앉을 때

보이는 것은 바다뿐

아무도 물의 진실을 말하지 않았다

서걱이는 척추의 겨울은

멀리 빠진 죽은 언어의 썰물 위에

돌아눕고

벌거벗은 겨울 사나이의 바다에

부풀어 터진 흉터 자국이 퍼렇게 떠돌고

파도가 일어서고
밤마다 죽은 혼들이
바다 깊숙이 떨어진
캄캄한 해를 하나씩 건져 올리고
오오, 죽음의 키는 돌아가고
익사한 바다의 사나이들은 잠들지 못한다

그날 사나이의 가슴속에 간직된
온전한 바다 하나가
상어 떼에 희게 뜯겨 있었다
바다새의
깃털을 뜯어 놓은 바다
매일 밤 부서진 바다의 폐허가
사나이의 사랑과 믿음의 전부를 움켜잡고

홀로 남은 집을 지키고
깊고 황량한 꿈들이 찍혀 넘어가고

퍼어렇게 찍혀 넘어간
절망의 바다에
처음과 끝의 믿음이 꺾어지고
메마른 겨울밤 천둥이
두 파도 사이에 가라앉고
노년과 죽음을 모두 다 잃으면서도
바다 사나이는 또 다른 바다로 떠나가고
홀로 남은 여인들은
뱃속에 죽음을 품고
사내들의 미신이 되어 남는다
해풍의 머리카락을 적시며

뜨개질을 하고
바다 꿈을 꾸고
오필리어의 맑은 꿈이 떠도는 날에
오오, 그 밤마다 나직한 바다 마을에
사나이들의 꿈은 잠들지 못한다

겨울 변신기

하루에 한 번씩 밤의 끝에서 길어 놓은

내 일상의 물통에

근시 4도쯤 되는 살얼음의 탄력이 멎어 있다

얼어붙은 시간의 발바닥마다

한 꾸러미 체인으로 비끄러매고

깊어 있는 의식의 동통疼痛 위를 걸어 다녔다

일상의 틀에 박힌 손목의 초침마다

하루의 공복을 갈아 끼우고

외상을 입은 나의 머리에

들어와 앓고 있는 죽은 예수를 두 번 팔아 들고

비틀거리는 스물다섯 번째의 충치를 뽑아내었다

설익은 경험의 모든 구멍을 들추어낼 때마다

성바오로 병동에서 어둡게 새어 나오는

누가복음 12장의 맨발의 밤이

깊고 시린 초침의 반대 방향으로
삐걱이며 돌아와 눕는 것을 나는 보았다
시간의 방법에 꽂혀 도는
우풍 센 나의 방 안에는
4개월간 중부 내륙지방의 오한이
한꺼번에 단 한 벌의 내의로
밤마다 우리 집 구들장을 들썩였다
겨울 동안 거꾸로 매달린
우리 집 언어의 내장을 모조리 빼어내고,
상반신의 겨울과
어깨에서 잔등으로 걸쳐 있는
죽은 언어의 껍질을
우리가 사는 금호동에서 베들레헴까지
매일 밤사이 한 가마니씩 날랐다

성냥 한 개비로 밝힐 수 있는

내 일상의 물상들이 쉬고 있는 이층 다다미방에

유신안약^{有信眼藥}을 넣은

금호동의 밤이 쪼그리고 앉아 있다

벽 틀에 걸린 수은주의 눈금마다

근시 4도쯤 되는 나의 밤을 풀어 놓고

한 살박이 스패니엘 종의

우리 집 개가 앓고 있는 십 리 밖까지

눈꼽 낀 어둠의 발목을 삐어 놓고

쓰러진 예감의 무게 위를 사납게 기어 다녔다

냉돌 위에 가로누워 있는 아내의 선천적인 우울증을,

파랗게 떨고 있는 당신의 지난 상처를 못질하고

잘 손질된 은화의 세례를 쩔렁이며

매일 밤 유다처럼 한 잔의 포도주로 목젖을 식히고

목매다는 시늉을 했다.

하루에 한 번씩 변신하는 나의 겨울은……

서울 둔주곡

온 장안의 복부를 들썩이는
끈질긴 소화불량이 굴러다닌다
천식을 앓는 북풍이
집집의 부어오른 편도선을 타고
말라빠진 잠의 일 해리까지 파고든다
어둠의 뿌리에서 뿌리로
쓰디쓴 정신의 수레바퀴가
소시민의 겨울의 긴 잠으로 굴러내리고
읽다가 덮어 둔 구약성서에
별들도 온통 어깨를 돌리고
빈사의 골짜기에 말뚝을 박으며
조심스레 내려가는 불면
음산한 순례의 발자국마다
세상의 모든 경험의 관절은 빠지고

창세기의 기근이

맨발로 퍼어렇게 떠도는 들판을 지킨다

헛들리는 머리에

숨어 있는 상처가 희끗희끗 기울고

몇 개 남아 있는 고뇌의 껍질이

신경의 마른 잎 소리를 내며 기울고

도시의 옆구리에 수북이 쌓여 있는

소시민의 가냘픈 생활의 뼈

겨울 언어의 거칠은 피부

살 오른 섹스의 방뇨

발목까지 빠지는 오염 속에서

자정의 엷은 꿈이 꽁꽁 얼어붙고

한 겨울내내 우리는 동상을 앓는다

하얗게 겨울의 피가 얼어붙은

우리들의 일상의 하반신에
빽빽히 줄이은 빈촌의 분뇨 탱크가
가만가만 빠져나가고
광화문 지하도에 종로에 을지로에
헛된 꿈들의
죽은 질병이 굴러다니고
신문지에 박힌 활자의 내장들이
소시민의 약한 시력을 비끄러매고
도시의 흉터 위에 떠오른다
하루를 내린 노동의 불면 속에
수천 톤의 충격이 뿌리 깊게 와 박히고
밤마다 교외로 나가 앓는 정신적인 암 하나와
희어 터진 북풍이
황폐한 들판으로 우리를 끌어낸다

서울의 유서遺書

서울은 폐를 앓고 있다
도착증의 언어들은
곳곳에서 서울의 구강을 물들이고
완성되지 못한 소시민의
벌판들이 시름시름 앓아누웠다
눈물과 비탄의 금속성들은
더욱 두꺼워 가고
병든 시간의 잎들 위에
가난한 집들이 서고 허물어지고
오오 집집의 믿음의 우물물은
바짝바짝 메마르고
우리는 죽음의 열쇠를 지니고 다녔다
날마다 죽어서 다시 살아나는
양심의 밑둥을 찍어 넘기고

헐벗은 꿈의 알맹이와
기도의 낟알을 고르며
밤마다 생명수를 조금씩 길어 올렸다
절망의 삽과 곡괭이에 묻힌
우리들의 시대정신의 피
몇 장의 지폐로 바뀐 소시민의 운명들은
탄식의 밤을 너무나 많이 실어 왔다

오오, 벌거숭이 거리에
병들은 개들이 어슬렁거리고

새벽 두시에 달아난 개인의 밤과
십 년간 돌아오지 않은 오디세우스의 바다가
고서점의 활자 속에 비끄러매이고

우리들 일생의 도둑들은 목마른 자유를 다투어 훔쳐
갔다
  고향을 등진 때늦은 철새의 눈물,
  못 먹이고 못 입힌 죄 탓하며
  새벽까지 기침이 잦아진 서울은
  오늘도 모국어의 관절염으로 절뚝이며
  우리들 소시민의 가슴에 들어와 목을 매었다.

떠남에 대하여

지극히 멀리 떠남이 없이
어찌 우리들은 만남을 말할 수 있으랴
인간의 아들이여
이제 우리들은 떠날 곳도 머물 곳도 없더라
우리들이 의지의 두 발로 일어설 때
나는 네게 말하리라던 그 예언자도
어디론가 떠나고
우리들의 진실을 지켜 주지 못하더라
이제 날도 다 되었고
우리들은 역시 떠나야 하느니라
세상의 어떤 아름다움도
우리에게 상처를 주지 않은 것이 없고
인간의 유산을 받음도
자기 자신을 내어 줌이었고

주는 것도 자기 자신을 빼앗음뿐이었더라
우리들이 침묵을 지키며 하는 어떠한 기도도
가시와 저희 욕심이 들지 않은 것이 없고
우리들 눈물의 대부분은
우리 자신이 선택한 것뿐이더라
바다와 땅은 우리들의 주림을 채워 주었고
우리들이 던진 시간과 땅을 갈던 생명의 손에
또 다른 죽음이 우리들의 죽음을 기르더라
이제 우리는 오랜 주림과 목마름을
대지 위에 남겨 놓고
오직 떠나는 것뿐이더라

베트남의 칠행시^{七行詩}

1

우리가 가져온 바다 하나가
벌써 메말라 버렸다
마른 풀의 비애
눈물의 끝의 작은 부분
마른 모래의 햇빛이
많은 것을 거두어 갔다
그대의 피와 그대의 뼈마디의 말을

2

어두워지면 조국에 긴 편지를 쓴다
'라스트 서머'를 나직이 부르며
비애의 무거운 배를 끌어 올린다
병든 숲과 항생제의 여름

키스와 매음과 눈물의 잎사귀로 가린
수진 마을이
우리들 머릿속에서 심한 식물병^{植物病}을 앓는다

3
한 포기의 볼모도, 작은 거짓의 죽음까지도
가장 인간적인 것으로 택하게 하라
가늠구멍에 알맞게 들어와 떨고 있는
낯선 운명과 숲과 소나기와 진흙
그대의 잔과 접시에 고인 정신의 피
만남과 만남 사이에 죽음의 아이들은
서너 마리의 들개를 몰고 내려온다.

야성^{野性}

여러 맹인^{盲人}들이
붉은 몽유병의 달을 앞세우고
돌아가고 있다
시퍼렇게 얼어붙은 발자국들이
흰 꿈 위에 푹푹 빠져들고
우리 집의 오랜 가풍의 언어 세포마다
산성의 불면이 하나씩 돌아누웠다
생채기로 부푼 꿈의 잔등에
빈사의 채찍질 소리가 오래오래 달리고
온 집안의 황폐한 지병들은
어둠 저쪽에서 못질된
몇 개의 본질 위에 골격을 드러내고
갈기갈기 찢겨 나간 들판 하나
가슴까지 쌓인 실의의 빈 껍질

늘 시달린 붉은 악몽이
텅텅 빈 나의 두개골에
깊은 중상이 되어 남아 있다

닥터 밀러에게

꿈속에서도
나는 위생병이었어요.
내 품에서 실려 나간 사내들의 죽음이
돌아오고 다시 돌아오고……
생전의 사내들이 문을 잠그고
지키는 것은 사랑과 믿음뿐이었다는 것도,
오늘 나는 늦은 종로를 걷다가
캄란 만에 냉동되어 있는 그 사내를
여럿 만났어요.
서울의 극심한 언어의 공황과 매연이
사내들이 안고 온 들판을 시들게 하고
사내들은 자주자주 길을 잃어요.
오오, 아들의 비보를 들은 아홉 명의 어머니들은
밤새도록 마디 굵은 안케 계곡을 끌어 올리고

매일밤 몰래 몇 사내들이

난공의 곡괭이를 들고 무너진 폐갱 속으로 내려가고 있

어요.

죽음의 둔주곡遁走曲
— 나는 베트남에 가서 인간의 신음소리를 더 똑똑히 들었다

1곡

벌거벗은 땅이여
그대는 선한 싸움을 다 싸우고
달려갈 길을 다 달렸으며
죽음의 처녀성과
꿈을 찍어 내는 자들의
몇 개의 믿음을 지켰을 뿐이다
　　황폐한 바람이 분다
　　마른 뼈의
　　골짜기들이 떼 지어 내려온다
　　그대의 비탄 속에
　　두 마리의 들개가 절망적인 싸움을 한다
　　마른 메뚜기와 들꿀의 상식

노여움과 어리석음의 두 불꽃

2곡

이별 하나가 우리를 가두어 버렸다
떨리는 풀잎 한 장의 비애
중부 베트남의
붉은 사막의 발자국
숨어 우는 류머티즘과 촛불이 보이고
밤마다 155마일의 비가
바다로부터 왔다
휴전선 철책 망의 작은 틈 사이에
하나씩 박혀 있는
20년도 더 되는 탐색의 지뢰밭은

죽은 호주인의 덫이 되고
화란인의 덫이 되고
나는 여러 번 둘이 되고 셋이 되고
다시 하나가 되는
우리를 넘는 절망의 포복을 세어 보았다
그들이 가지고 온 몇 개의 부두
몇 통의 유서
몇 개의 폐허 속에
떠남은 모든 것을 천천히 돌려주었다
한 알의 과일이 떨어지는 소리와
세상의 제일 아름다운
바다의 상처까지

3곡

그날
젊은이들은 모두 떠났다
조국으로부터 어머니로부터 운명으로부터
모두 떠났다
젊은이들의 믿음과 낯선 죽음과
부산 삼부두를 실은 업셔호의 전함
수천의 빗방울이 바다를 일으켜 세우고
어머니는 나를 찾아 헤매었다
갑판에 몰린 전우들 속의 막내를 찾아 하나씩하나씩
다시 또다시 셈하며 울고 있었다
어머니가 늙어 보인 것은 이때가 처음이었다
　바람이 분다

내 어린 밤마다 등불의 심지를 돋우고
심청전에 귀 기울이며 몇 번이나
혀끝을 안타까이 차며 눈물짓던 어머니
어머니의 무릎을 베고 누운 나도
내 살갗에 와 닿는 세상의 슬픔을
영문을 모르고 따라 울었다
바느질을 곱게 잘 하시던 어머니는
그 밤따라 유난히도 헛짚어
몇 번이나 손가락을 찔렀다
심청은 울며 울며 떠났고
나는 마른 도랑의 돌다리에서 띄운 작은 종이배에
내가 사는 마을 이름을 적어 두었다
그날 담장을 몰래 넘어간 어머니의 울음은
낯선 해일이 되어

어머니의 잠과 내 종이배를 멀리 실어 가 버렸다
잠시 후면 오오 잠시 후면 떠남뿐이다
수많은 기도와 부름이
비와 어머니와 전함을 삼켰다
우리가 간직한 부두에서는 오래도록
손수건이 흔들렸고
나는 먼 바다에서 비로소 눈물을 닦아 내었다
눈물 끝에 매달린 어머니와 유년의 바다
배낭 안에 넣어 둔 한 줌의 흙
그것들의 붉디붉은 혼이
나를 너무나 먼 곳으로 불러내었다

4곡

내 몸 속에 흐르는 황색의 피
이방인의 피
총구로 통해 보는 낯선 죽음 앞에
오늘은 모든 것을 발가벗겨 놓았다
숨긴 것도 덮어 둔 것도
나의 모든 위대한 가을날과 기도까지
그대 앞에 온통 내놓았다
이것이 그대가 나를 모르는 까닭이다
나는 운명을 겨냥하였다
한번 겨냥한 살육은
그대가 마련한 최후의 잔과 바다와
내 자신마저 빼앗았다

그대는 결코 빈손으로 돌려보내지는 않았다
쓰러진 자와 쓰러뜨린 자들의
쫓기는 꿈들이 같은 길로 떠났다
그 둘이 함께 어깨동무하는 것을
보고 또 보았다
내가 깨어 있을 때
그대는 내 잠의 커튼을 내리고,
위생병 위생병 위생병인 내가
무너진 자들의 절망을 핀셋으로 끄집어낼 때
그대는 더 많은 파멸과 비탄을 삼켰다
오, 바람과 함께 길을 떠난 자들이여
내일은 어떤 바람개비가
이 세상 이방인의 꿈을 인도해 줄 것 같은가

5곡

꿈길에서도 무기를 지니고 다니는
전장의 꿈
철원에서 한탄강 상류에서
나는 이방인의 부두를 만났고
그들의 농장을 그들의 익숙한 식탁을 만났고
모든 것은 다 젖고 있었다
몇 줄의 성경과
돌아오지 않는 바다 사이에서
그들은
중년과 노년의 시간을 또 뛰어넘었다
　머릿속의 파편이 더욱 붉어진다
　사방에서 곡괭이에 찍혀

붉은 들판이 넘어진다
벌거벗은 잠의 흉부에
젖 물린 어머니의 슬픔이 도달한다
아, 한 장의 풀잎까지 기어드는
땅의 오열
강원도는 여름 내내 비에 씻겨 내렸다
죽은 이방인의 맨살이 드러나고
그대의 땅과 동정을 거둬들이는
농부들도 깊게 잠들었다
그대의 공동^{空洞}은
이제는 누구의 것도 아니다
그대는 세상의 저쪽
우리는 이승의 참호 속에서 망을 본다
우리가 함께 다닐 수 있는 길은

아무 데도 없다

6곡

캄란베이 꿈속에서
나는 배를 기다렸다
밤마다 자주 마른 파도의 상처가 나타나고
순례자의 갈증은 타오르고
한 방울의 물까지 나를 마셔 버렸다
내 팔에 안겨 임종한 사내들을 마셔 버렸고
내가 헤맨 몇 개의 정글을 마셔 버렸고
내가 가지고 온 바다까지 마셔 버렸다
나의 껍질은 다 벗겨졌다
열두 달의 여름 속에서 제 배를 기다렸다

나를 거두는 날을 기다렸다

나의 벗은 몸들은

서너 병의 조니워커와 피투성이의 진실과 성병과

낯선 죽음의 발자국과 동하이의 흰 햇빛이었다

내가 앓고 있는 천 일의 죽은 아라비아와

구약과 눈물의 굳은 껍질과

우기의 잠들은 그날 밤

더 많은 모래를 내 생의 갓 쪽으로 실어 날랐다

나를 낳아 준 바다여

내 꿈속에 자주 찾아온 그대는 나의 충치였다

나는 여러 번 떠났다

그대의 항해일지에 찍힌 파도 따라

늘 헛되었고 빈탕이었다

우리가 귀향하는 배는

남지나에서 이틀을 움직이지 않았다
하룻날은 단 한 번 사랑한 랑의 눈물이 묶어 매었고
또 하룻날은 위생병인 내 팔에 안겨
떠나간 사내들의 죽은 꿈들이
배를 부둥켜안았다
오오, 이제 바람이 불면
또 다른 사내들이 그들의
생동하는 바다를 두고 올 것이다

7곡

그날 밤 나는
랑의 잠자는 가슴을 만졌다
붉은 모래와 상반신의 밤을

나는 해안까지 실어 왔다

내가 가진 다섯 개의 허무

나를 껴안은 어둠의 구석구석을

랑, 잊지 말아 다오

정글을 쫓고 상처를 준 나의 가슴에

말라붙은 풀잎의 피

덤불과 가시뿐인 변신의 잠

밤마다 수천의 사내들이 건너온

격랑의 바다를 안고

우리는 늘 엇갈렸다

그때마다 그대는 비가 되어 드러누웠고

나는 마른 우기의 류머티즘을 앓았다

8곡

깊고 그윽한 부름 있어 매일 밤 나는 깨어 울었습니다
'나의 아들아' 나는 알고 있습니다
당신의 마른 구원의 눈썹이
정글 속의 가시보다 모질고 독한 것을
나는 돌아왔습니다 내가 가진 여름과 재앙과
말라빠진 광야를 버리고 다시 막내가 되어 돌아왔습니다
그래그래 이제 큰 것을 잊었구나 당신의 아픈 한 마디
말씀
나를 뚫고 산을 뚫고 망우리를 뚫었습니다
나는 혀가 아리도록 김치를 씹었습니다

날마다 하나씩 늘어나는 당신의 죽음을

폭염에 달구어진 철모의 비명, 서투른 가늠쇠에 숨이 멈
춘 가시덤불, 캄캄베이 어두운 병동에 냉동된 몇 구의 주
검도 당신의 것입니다
　그날 한 방울의 물도 말라 버렸고
　땡볕의 정글이 모든 것을 거두어 갈 때
　아오스딩도 칼릴 지브란도 반야바라밀다심경도
　고엽제의 알몸으로 죽어 갈 때
　나는 최후의 말을 하였습니다 마지막 목마름을
　어머니 우리는 세상에 사랑의 빚 이외에는
　아무 빚도 지질 않았습니다

　9곡

아브라함의 땅도 이미 떠났다

벌거벗은 땅이여
그대의 사도들은
착한 들판을 모두 잃어버렸다
세상의 유해 속에
새의 땅 물고기의 땅
허깨비의 땅만이
갈기갈기 뜯겨 남아 있다
오오 땅의 자손들이여
너희들의 날에는 아무것도 남아 있지 않다
두 개의 죽음 사이에
몸을 굽히고
모든 상처에 지친
땅의 노예들이여
너희들의 날에는 아무도 기다려 주지 않는다

만남에 대하여

　우리들이 같이 있을 때에는 큰 산에서 소나기가 건너
온다.
　우리들이 서로 마주한 산이 가까이 있음을 믿으면서도
　또한 멀리멀리 떨어져 있음을 잊은 것이 눈물의 큰 짐
이 되었다
　그대의 길은 모두 나에게 낯이 익었다
　그대가 간직하고 있는 한 알의 모래 한 방울의 이슬이
　처음으로 만난 슬픔이란 것을 알았다
　나의 가슴 깊이 내려와 있는 그대의 눈물은
　'연꽃이 해를 보고 피었다가는 가진 것을 모두 잃어버
린' 그것이다
　나는 나를 멀리하고선 그대의 들꽃을 따서 모을지라도
　오오 그대의 온전한 아름다움을 모으지는 못한다
　밤마다 그날그날의 기도와 말씀 하나를 찾아내기 위해서

나는 아오스딩이 되고

떠돌아다니는 들판마다 그대를 인각印刻해 두었다

만약 우리에게 얻음이 있다면 다시 얻음이 아니고

잃음이 있다면 다시 잃음이 아니다

이제 밤이 지나가면 얼마나 많은 꿈들이 멀어져 갔거나

흙속에 묻혀 갔나를 우리는 알게 된다

우리는 이 길을 오랫동안 돌아오지 않을 것이다

죽은 산에 관한 산문

어머니 나는 큰 산을 마주하면 옛날 당신을 안고 쓰러진 죽은 산과 마주하고 싶어요 그날 어린 잠의 살점까지 빼앗아 달아난 이 땅의 슬픔을 어머니는 어디까지 쫓아갔나 알고 있어요 굵은 비가 뒤뜰 대나무 숲을 후둑후둑 덮어 버릴 때 나는 가슴이 뛰어 어머니 품에 매달렸어요

대나무의 작은 속잎까지 우수수 어머니 앞섶에서 떨리는 것을 보았어요 잇따라 따발총 소리가 숭숭 큰 산을 뚫고 어머니의 공동^{空洞}에 와 박혔어요 해가 지면 마을 사람은 발자국을 지우고 땅에서 울부짖는 사신^{死神}의 꿈틀거리는 소리에 선잠을 이루었지요

어머니, 아무도 이 마을의 피를 덮지 못하는 까닭을 말해 주어요 유년의 책갈피에 끼워 둔 몇 낱의 댓잎사귀에 아직 그날의 빗방울이 후둑후둑 맺혀 있어요

유난히도 쩌렁쩌렁 산이 울던 그해에는 비가 잦았다

총을 가진 한 떼의 사나이들이 어머니를 앞세우고 가던
밤이다

나는 어머니 등에 업힌 채 더욱 빨리빨리 걸었다.

발가벗겨진 시커먼 산들은 어머니 등에 업혀 따라왔다

괭이도 낫도 한 번 닿지 않은 황량한 땅에서 사나이들
은 두려운 기도와 몇 구의 죽음을 묻었다

큰아들과 지아비를 잃은 당신의 몇 마지기 빈 들은 멀
리서 기울어져 가고, 나와 몇 번 마주치고 있는 불모의 들
판은 그 후 당신의 지병보다 오래 당신의 것이 되었다

어머니 말해 보셔요 당신은 큰 산의 목소리를 찾아 헤
매었어요 그 목소리는 많은 산을 데불고 나를 끌어 주었
어요

그러나 아무 데도 데려다주지는 않았어요 당신의 슬픔
보다 처참하게 드러난 대나무 숲의 밑둥, 나는 이제 어머
니의 큰 목소리 하나뿐이에요 당신은 무엇으로 이 땅의
비극을 마지막 말로 삼게 하였나요 아무도 이 땅을 빈손
으로 돌려보내지는 않았어요 어머니, 아무도 이 마을의
피를 덮지 못하는 까닭을 말해 주세요

이 겨울의 한잔을

겨울의 마지막 기도와 단식,

나를 몰아낸 숲과 들판,

내 스스로 만들고 택한 이 겨울의 최후의 한잔을

그대는 마실 것인가, 마실 것인가

나의 마지막 것은

한 벌의 내의와 헐벗은 눈물뿐이다

맨처음 그대의 목소리는

바다에서 왔다

나는 그대의 한 목소리에

산도 놓고 들도 놓고 조그만 집도 세워 두었다

그대를 위해 마련한 일상의 꿈에

나는 아무 이름도 붙이지 않고

그대가 원하는 대로 이름을 갖도록 뜰도 쓸고

바다에 이르도록 동국冬菊도 가꾸었다

밤마다 그대의 꿈 위에 밀려오는 갯벌,

나의 붉은 어둠으로 들어와 기도하던 사나이들은

내가 기르는 산과 들과 허무의 나무마저 뿌리째 뽑아 들고

돌아오지 않는다

나를 몰아낸 숲과 들판,

내 스스로 만들고 택한 이 겨울의 최후의 한잔을

그대는 마실 것인가, 마실 것인가

딸에게 주는 가을

딸아, 이담에 크면
이 가을이 왜 바다 색깔로 깊어 가는가를 알리라.
한 잎의 가을이 왜 만 리 밖의 바다로 나가떨어지는가
를 알리라.
네가 아끼는 한 마리 가견家大의 가을, 돼지저금통의 가
을, 처음 써 본 네 이름자의 가을, 세상에서 네가 맞은 다
섯 개의 가을이
우리 집의 바람개비가 되어 빙글빙글 돌고 있구나.
딸아, 밤마다 네가 꿈꾸는 토끼, 다람쥐, 사과, 솜사탕,
오뚝이가
네 아비가 마시는 한잔의 소주와 함께
어떻게 해서 붉은 눈물과 투석이 되는가를 알리라.
오오, 밤 열시 반에서 열두시 반경 사이에 문득 와 머문
단식의 가을

딸아, 이날의 한 장의 가을이 우리를 신고 또 만 리 밖으로 나가고 있구나.

네 개의 착란

1

한 번 태어났을 뿐인 나는 풀잎과 소나기의 세포
내 혈관을 따라 도는 단 하룻날의 도적과 들판과 살육
내 눈 속에 돋아나는 영하 7도의 바다와 나무뿌리의 동상
내 혀 속에 쌓여지는 거짓의 보석
내 흉부의 시간 속에서 날마다 걸어 나오는
사막의 시뻘겋고 무뚝뚝한 어둠

2

저녁마다 마을 가까이 오던 붉은 강 하나가
물도 없이 만나고 돌아선다
허수아비와 건초 더미와 몇 개의 문장만이

고삐를 들고 이 도시의 저녁을 데리러 온다
슬픔과 불모와 모욕의 불빛을 모아
밤마다 새로이 갖는 도시의 육체
내 젊음과 육체를 붙든 병든 땅

3

황량한 들이 비를 실어 나른다
수천의 모래알의 발자국을 지우며 달아나는 달빛과도
만나고
한 잔의 단식斷食과 한 그루의 불면증에 살을 섞는다
내 일생의 오십 관의 부채를 섞는다

4

산그늘의 커다란 손바닥이
풀잎 한 장을 접는 까닭을
이 마을의 젊은이는 모른다
집 떠난 아들은
어머니의 저문 아궁이에서 탁탁 튀겨 오르는
참나무 불꽃 소리를 모른다
허깨비에 세 번 큰기침을 하는
어머니의 속마음을 모른다
도시에서는 누구도 어머니를 갖지 못한다

흑석동에서

흑석동의 대낮의 빈 들은 아무도 볼 수 없다
한강은 서울의 치부를 닦으며
흑석동과 함께 날마다 흘러가고 떨어지고 떠내려간다
늙고 절뚝이는 도시의 뼈마디와
괴로워하는 자의 괴로운 술잔이
멀리서 둥둥 떠내려온다
흑석동이 안고 있는 밤은
임시열차만이 안다
날마다 이 마을로 실려오는 이삿짐과 이삿짐과 이삿짐
과……
우리가 한강을 피하고, 버리는 어둠이 오면
흑석동의 버림받음, 흑석동의 허무, 흑석동의 무능,
흑석동의 침묵, 흑석동은 하나의 커다란 입이다
마지막까지 타고 온 84번 좌석버스 종점의 정적,

머리를 숙이고 흩어지는 22시 16분 12초의
일어서지 않는 흑석동이 서쪽으로 깊게 기울고 있다

우리의 한강

내가 알고 있는 한강은 서울의 저녁이다
빈궁의 이삭 까마귀 떼의 이삭
저녁 술집에서 되찾는 언어의 이삭
끝없는 참음과 견딤의 이삭
이삭 이삭 이삭 이삭의 눈물 껍질
완행열차 차창에 달라붙는 교각의 엇물린 꿈만이
매일매일 한강을 열세 번이나 건너다니고
물을 떠난 한강은
어디에서나 젖는다
서울의 상반신을 묶은 월동越冬의 겨울 짚과
팔도의 사투리가 뒤섞여
빈 술잔 속의 눈물만 받아들이는
우리의 한강은 아아, 어디에서나 젖는다

아내와 함께

언어 학교에서 내가 맨처음 배운 것은 바다였습니다. 바다의 얼굴을 몇 번이나 그리고 지우고 하는 동안 문득 30년을 이른 나만 남게 되었습니다.

간밤에는 벗겨도 벗겨도 벗겨지는 언어의 껍질뿐인 미완성의 바다 하나가 가출을 하였습니다. 서울 생활 10년 만에 나는 눈물을 감출 줄 아는 젊은 아내를 얻고 19공탄을 갈아 끼우는 '아파트'의 소시민으로 날마다 만나는 광고 문귀 틈 속으로 드나들며 살고 있습니다. 가로수의 허리마다 꽁꽁 동여맨 겨울 짚들이 이제는 나의 하반신에도 꽁꽁 감겨져 있습니다. 밤마다 이촌동의 한강 하류에 몰리는 서울의 침묵이 다시 당신들의 언어로 되돌아갈 때까지 바다의 얼굴을 몇 번이나 고쳐 지우며, 또 몇십 년 후의 별것 아닌 우리의 현실을 아내와 함께 기다릴 것입니다.

섬에 가려면
— 오이도烏耳島 1

  바람에 날아다니는 바다를 본 적이 있으신지

  낡은 그물코 한 올로 몸 가린 섬을 본 적이 있으신지

  이 섬에 가려면 황톳길 삼십 리 지나 한 달에 한두 번
달리는 바깥세상의 철길을 뛰어넘고 다시 소금밭 둑길 따
라 나문재 듬성듬성 박혀 있는 시오 리를 지나면 갯마을
의 고샅이 보일 겁니다

  이 섬으로 가려면 바다를 찾지 마셔요 물 없이 떠도는
섬, 같은 바다에 두 번 다시 발을 담그지 않는 섬, 이 섬을
아무도 보지 못하고 돌아온 것은 당신이 찾는 바다 때문
입니다

  당신의 삶이 자맥질한 썩은 눈물과 토사는 이 섬을 서
쪽으로 서쪽으로 더 멀리 떨어뜨려 놓을 겁니다

  십 톤짜리 멍텅구리배 같은 이 섬을 만나려면,

  당신 몫의 섬을 만나려면,

당신은 몇 번이든 길을 되풀이해서 떠나셔요

당신만의 일박一泊의 황톳길과 바깥세상의 철길을 뛰어

넘고 다시 소금밭 시오 리를 지나……

사람의 섬
— 오이도烏鵐島 5

오이도는 신의 섬이 아닙니다
오이도는 까마귀의 섬도 아닙니다
이 섬의 팔뚝에는 큰 우두 자국이 있습니다
이 섬의 어머니와 아버지는 다 얽으셨습니다
오이도는 사람의 섬입니다
오이도는 사람과 사람 사이에
숨어 사는 작은 몸입니다
늙어 가는 그대들 밖에서
울며 낳은 자식을 울음으로 찾고 있는
어미가 보일 때
이 섬은 어디에서나 잘 보입니다
한 몸에 한 마음을 업어 키우는
이 작은 섬을
그대들은 뭐라고 부르겠습니까

마음 밖 어디에 숨겨도

그대의 아랫도리에 뻘을 묻히고

돌아오는 이 섬을

그대들은 왜냐고 왜냐고 묻지 않습니다

해 뜨는 곳에서 해 지는 곳까지

내 고향 한 늙은 미루나무를 만나거든
나도 사랑을 보았으므로
그대처럼 하루하루 몸이 벗겨져 나가
삶을 얻지 못하는 병을 앓고 있다고 일러 주오

내 고향 잠들지 못하는 철새를 만나거든
나도 날마다 해 뜨는 곳에서
해 지는 곳으로 집을 옮겨 지으며
눈물 감추는 법을 알게 되었다고 일러 주오

내 고향 저녁 바다 안고 돌아오는 뱃사람을 만나거든
내가 낳은 자식에게도 바다로 가는 길과
썰물로 드러난 갯벌의 비애를 가르치리라고 일러 주오

내 고향 홀로 집 지키는 어미를 만나거든
밤마다 꿈속 수백 리 걸어 당신의 잦은 기침과
헛손질로 자주자주 손가락을 찔리는 한 올의 바느질을
밟고
울며 울며 되돌아 온다고 일러 주오

내 고향 유년의 하느님을 만나거든
기도하는 법마저 잊어버리고
철근으로 이어진 도시의 언어와 한 잔의 쓴 술로
세상을 용케 참아 온 이 젊음을
용서하여 주라고 일러 주오

내 고향 떠도는 낯선 죽음을 만나거든
나를 닮은 한 낯선 죽음을 만나거든

나의 땅에 죽은 것까지 다 내어놓고
물 없이 만나는 떠돌이 바다의 일박까지 다 내어놓고
이별 이별 이별의 힘까지 다 내어놓고
자주 길을 잃는 이 젊은 유랑의 슬픔을
잊지 말아 달라고 일러 주오.

아내는 외출하고

아내는 외출하고
어린 두 딸과 잠시 빈방을 채우며 뒹굴다가
그들이 눈을 붙이는 사이
적막 같은 비가 한줄기 쏟아진다
두 딸년의 잠든 눈썹 사이로 건너뛰는 빗줄기
나는 적막이 되어
유리창 끝에 매달리고
한 방울의 물이 우리를 밖으로 내다 놓는다
한 방울의 물이 또 다른 한 방울의 물과 어울리는 동안
우리 집의 모든 물은 적막같이 돌아눕고
어울릴 수 없는 한 방울의 물만이
창턱을 괴고
외출한 한 방울의 물소리에 귀를 열고 있다

일기초 ^{日記抄}

지금은 자정

바람 불고 있음

지금은 자정이라는 또 다른 고별과 확신

활엽수와 침엽수의 차이

한 시간 전과 한 시간 후의 차이

지금은 드문드문 바람 불고 있음

매일 밤마다 얼핏 보았던

두세 편의 꿈

활엽수와 침엽수의 초침들이

하나씩 만남

자정이라는 알코올

자정이라는 문자판

자정이라는 알몸

그것들의 작은 톱니바퀴의 엇물림

하루에 조금씩 늦어지는 왼쪽 손목의 시보

공업용 외 사용 금지라는

붉은 활자의

주의 사항 같은 시보

지금은 자정

바람 불고 있음.

비의 가출
— 목월 선생을 생각하며

그가 임종했던 날 밤에 내린 비가
오늘 다시 내렸다
나는 초인종을 다시 확인하고
그가 누워 있는 한 자락의 산을
입김으로 유리창에 그려 본다
산이 발바닥을 드러내고
천천히 걸어와서 이를 맞추었다
잠든 머리맡에 펼쳐 둔
성경 몇 귀절이 속살로 나와
산을 마주하며 같이 젖는다
젖지 않는 것은
내가 갖는 이 밤의 몇 낱의 빗소리와 주기도문뿐
나는 라스트 서머를 나직이 부르며
산이 하나씩 뛰어넘을

비애의 빗방울을 헤아린다
어서 떠나거라 떠나거라 떠나거라
빗방울은 산의 일박과 함께
생전의 눈물의 가슴 가까이로 모여들고
아무도 하산한 한 장의 잎이
급한 물소리로 떠돌고 있음을 보질 못한다.

시간을 찾아서
— 시간 여행 2

시간은 옷을 입지 않습니다

바람은 옷을 입지 않습니다

하늘에서 내려오는 하이얀 눈마저

옷을 입지 않습니다

별님은 별님 그대로

해님은 해님 그대로

어둠은 어둠 그대로

옷을 입지 않습니다

만약에 이들에게 옷을 입힌다면

우리는 과거라는 옷, 현재라는 옷, 미래라는 옷을 입힙

니다

그러나 우리는 만약에라는 이 말을

자주 사용할 수 없음을 잘 알고 있습니다

그것은 만약에라는 한 천사를

우리는 알고 있기 때문입니다
우리가 꿈꾸는 천사는 언제나 '만약에'라고 했을 때
우리 생각보다 먼저
우리 마음보다 빨리
시간의 옷을 입고 왔습니다

오늘도 우리가 꿈꾸어 왔던 천사는
길거리 가게에서
알사탕이나 초콜릿의 옷을 입기도 하고
터미널 구석 쭈그리고 앉아 있는
자동판매기 속에서 동전을 입에 물고
콜라 한 잔과 몸을 바꾸기도 하고
자꾸만 누르고 또 누르는
자동판매기 내장 속으로

요술처럼 바꿔져 나오는 사랑
또 한 번 바뀐 눈물
그러나 우리의 천사는
가난해진 마음을 단 한 번도 바꾸진 못했습니다

이제는 다시 '만약에'라고 하지 맙시다
우리는 벽돌이나 나무로 만든 집에서
커다란 시계를 바라보며 살아가면 됩니다
우리 중의 이씨는 비만증의 집
박씨는 고혈압의 집, 김씨는 심장병의 집
서씨는 당뇨병의 집, 최씨는 암의 집을
날마다 짓고 있습니다
우리가 지은 비만증이라는 감옥 고혈압이라는
감옥 심장병이라는 감옥의 철창 사이로

먼 길 하나가 오늘도 졸고 서 있습니다
안녕하세요? 어머니, 내일은 일찍 깨워 주세요

시간은 무엇입니까?
시간은 바보입니다
시간의 몸은 무엇으로 만들어졌습니까?
시간의 몸은 물, 불, 흙, 공기로 나뉘어 있습니다
시간이 가는 곳은 어디입니까?
시간은 낮은 곳에서 높은 곳으로, 작은 것에서 큰 것으로
시간이 가장 잘 보이는 곳은 어디입니까?
그곳은 서울역과 고속버스 터미널입니다
이곳에는 고향에 두고 온 한 장의 커다란 산그늘이
그리운 사람들로 자주 붐빕니다
수수밭머리에서 흔들리는

철새의 울음 같은 우우우우우 하는 소리도
이곳에서는 너무나 가까이 들려서 좋습니다
잡초처럼 듬성듬성 뿌리박혀 살던 사람들도
이곳에 오면 떠도는 작은 별로
초롱초롱 맺혀 서로의 체온을 나누어 줍니다
슬픈 사람은 슬픔의 등불을 하나 켜 들고
기쁜 사람은 희망의 등불을 하나 켜 들고
시간은 언제나 기쁨 하나 슬픔 하나
골고루 옷을 입고 실려 가고 실려 오는
그러나 아무도 시간의 얼굴을 직접 본 사람을
우리는 아직 찾지 못했습니다

꿈의 시간 공장에서
하루하루 뜨여 나오는 시간의 옷감을

사람들은 누구보다 더 많이 사기 위해서
어떤 이는 평생을 노래 부르고
어떤 이는 평생을 글만 쓰고
어떤 이는 평생을 돌만 줍고
어떤 이는 평생을 밥만 먹고
어떤 이는 평생을 남만 헐뜯고
어떤 이는 평생을 용서 빌고
어떤 이는 평생을 고기 잡습니다
그들은 꿈의 시간 공장에서
늙은 것과 젊은 것들의 낟알을 골라내고
늙은 희망과 젊은 절망을 낱낱이 골라내고
썩지 않은 한 알의 밀알의 시간만을
보물처럼 아껴 둡니다
그러나 보물은 늘 위험합니다

시간의 보물을 가진 자는

누구나 빼앗고 또한 빼앗기지 않기 위해서

잠을 이루지 못합니다

어제도 오늘 밤에도

우리의 인생 갑판 위에는

보물섬의 절름발이 선장의 목발 짚는 소리가

가까워졌다 멀어져 가는 것을 자주 들을 수 있습니다

(위엄 있게 걸어 다니는 목발 소리

보물섬의 몇 페이지의 공포를 단숨에 읽고

그날 우리는 이불을 뒤집어쓰고 얼마나 숨죽여 왔던가)

보물은 감출수록 더욱 밝게 빛나고

부족함과 모자람은 드러낼수록 더욱 충만함을

우리의 시간들은 잘 알고 있습니다

어제의 그 새는 우리를 버리려고 산으로 갔습니다

어제의 그 나무는 오늘 우리를 버리려고 산으로 갔습니다

우리를 버리려고 산으로 간 것은

어찌 어제의 것들뿐이겠습니까?

산은 산을 보지 않습니다

산은 산에 있는 산으로 갔습니다

그렇습니다 이제 우리도 시간을 보지 않게 됩니다

시간이 시간을 보지 않듯이

시간은 시간 속으로 흐르기 때문입니다

왜 시간이 옷을 입지 않는지

왜 바람이 옷을 입지 않는지

그것은 시간 여행을 떠난 자만이 알고 있습니다

자, 갑시다 우리의 시간 여행을

이곳에서도 차표를 끊고
시간을 기다리게 될 줄 누가 알겠습니까?

오늘이 그날이다 1

그렇다, 오늘이 그날이다
우리가 태어나고 죽고 슬퍼하고
눈물짓는 그날이다
사랑하고 기도하고 축복받는 그날이다
오늘이 어저께의 어깨를 뛰어넘고
내일의 문 앞에 당도했을 때
우리는 꿈만 꾸었었다
오늘이 그날임을 알지 못했다

나를 거둬 가는 그날인 줄을
내 낟알을 털어 골라 두는 그날인 줄을
나를 넣고 물을 부어 밥솥에 끓이는 그날인 줄을
나를 숟가락으로 떠먹으며 씹는

그날인 줄을 알지 못했다
그리하여 어떤 이는 소리 내어 울고
어떤 이는 술 마시며 욕질하고
어떤 이는 무릎 꿇고 연도하는 그날인 줄을

언제 우리가 오늘 이외의 다른 날을 살았더냐
어째서 없는 내일을 보려 하였더냐
어제는 오늘의 껍질이요 내일은 오늘의 오늘이다
모든 것이 오늘 함께
팔짱을 끼고 걸어가는 것이 보이지 않느냐
오늘이 그날이다

겨울 나그네

빈손으로 그대를 찾으려 함은

나의 꿈을

몇 장의 지폐와 밥으로 바꾸려 함이다

내가 가득 찬 손으로 그대를 가까이하려 함은

그대의 꿈을

절망과 시간의 노예로 바꾸려 함이다

오늘 밤 그대가 내 마음속에 숨는다면

그대를 찾는 일은 머리카락의 한 올 새치 같은 것

그러나 그대가 그대의 껍질 속에 숨는다면

나는 울며 돌아서리라

그대와 나는 취하기 위해서 술을 마셨지만

그 술은 언제나 먼저 깨어 있고

잔 속에 잠든 것은 눈물뿐이었다

오늘 밤에는

우리 이웃의 어떤 사람이 죽어 가는 오늘 밤에는
바람이 분다
만 리 밖의 한 장의 바람이
그대와 나 사이에 상처 난 몸을 숨기는 것을
오늘도 본다.

고백성사
— 못에 관한 명상 1

못을 뽑습니다
휘어진 못을 뽑는 것은
여간 어렵지 않습니다
못이 뽑혀져 나온 자리는
여간 흉하지 않습니다
오늘도 성당에서
아내와 함께 고백성사를 하였습니다
못 자국이 유난히 많은 남편의 가슴을
아내는 못 본 체하였습니다
나는 더욱 부끄러웠습니다
아직도 뽑아내지 않은 못 하나가
정말 어쩔 수 없이 숨겨 둔 못대가리 하나가
쏘옥 고개를 내밀었기 때문입니다

청개구리
― 못에 관한 명상 35

어머니 유해를 먼바다에 뿌렸다
당신 생전에 물 맑고 경치 좋은 곳
산화처로 정해 주길 원했다
그런데 이게 어찌 된 일인가
비 오고 바람 불어 파도 높은 날
이토록 잠 못 이루는 나는 누구인가
저놈은 청개구리 같다고
평소 못마땅해하셨던 어머니가
어째서 나에게만 임종 보여 주시고
마지막 눈물 거두게 하셨는지 모르지만
당신 유언대로 물명산을 찾았는데
오늘같이 비만 오면 제 어미 무덤 떠내려간다고
자지러지게 우는 청개구리가
이 밤 내 베갯맡에 다 모였으니 이를 어찌나

한 번만 더, 돼지 발톱 어긋나듯

당신 뜻에 어긋났더라면

비 오고 바람 부는 날

이처럼 청개구리가 되어 울지 않아도 될 것을

조선간장
— 못에 관한 명상 37

어머니는 새벽마다
조선간장을 몰래 마셨다
만삭된 배를 쓰다듬으며
하혈을 기다렸다
입 하나 더 느는 가난보다
뱃속 아이 줄이는 편이 수월했다
그러나 아랫배는 나날이 불러 오고
김해 김씨 가마솥에는
물이 설설 끓기 시작했다

그날 누군가 바깥 동정을 살폈다
강보에 싸인 아기는
윗목에서 마냥 울기만 하였다
아랫마을 박씨는 아직 오지 않았다

고추 달린 덕에 쌀 몇 가마니 더 받게 되었다
그러나 핏줄과 인연이 무엇인지
눈치챈 누나는 아기를 놓지 않았다
굶어도 같이 굶고 살아도 같이 살자는
어린 딸이 눈물로 붙들어 매었다
어머니는 젖을 빨렸다
어머니 젖에서는 조선간장 냄새가 났다
어머니,
지금도 그 가난이 나를 붙들고 있는 것은
조선간장 때문만이 아닙니다
지금도 그 핏줄이 나를 놓지 않는 것은
눈물 때문만이 아닙니다
그것은 어머니만 아십니다
오늘 내가 당신 영정 앞에 남몰래 흘리는 눈물이

조선간장보다 더 짜고 고독한 것을!

만나는 법

어린 시절, 어머니에게 물었습니다
내일은 언제 오나요?
하룻밤만 자면 내일이지
다음 날 다시 어머니에게 물었습니다
오늘이 내일인가요?
아니란다 오늘은 오늘이고 내일은
또 하룻밤 더 자야 한단다

고향에서 급한 전갈이 왔습니다
어머니 임종의 이마에
둘러앉아 있는 어제의 것들이 물었습니다
애야 내일까지 갈 수 있을까?
그럼요 하룻밤만 지나면 내일인걸요
어제의 것들은 물도 들고 간신히 기운도 차렸습니다

다음 날 어머니의 베갯모에
수실로 뜨인 학 한 마리가 날아오르며 다시 물었습니다
오늘이 내일이지?

아니에요 오늘은 오늘이고 내일은
하룻밤을 지내야 해요

이제 더 이상 고향에서 급한 전갈이 오지 않았습니다
우리 집에는
어머니는 어제라는 집에
아내는 오늘이라는 집에
딸은 내일이라는 집에 살면서
나와 쉽게 만나는 법을 알고 있기 때문입니다

봄날은 간다

꽃이 지고 있습니다
한 스무 해쯤 꽃 진 자리에
그냥 살았으면 좋겠습니다
세상일 마음 같진 않지만
깨달음 없이 산다는 게
얼마나 축복 받은 일인가 알게 되었습니다

한순간 깨침에 꽃 피었다
가진 것 다 잃어버린
저기 저, 발가숭이 봄!
쯧쯧
혀끝에서 먼저 낙화합니다

도시락 일기

아내는 오늘도
도시락을 싸 가지고 출근합니다
이제나저제나 미덥지 않은 남편
입가에 붙은 꽂꽂한 밥알 같은
먹다 남은 반찬 냄새 같은
서툰 나의 처세를
아내는 자반고등어 한 손처럼
꼬옥 안아 줍니다
숟가락 젓가락 나란히 놓인
저녁 밥상 하늘 위로 나는 철새
우리는 함께 책장 넘기는 소리 듣습니다
어쩌다 바람 부는 날에는
헐거워진 문짝 고치다
자주 제 손등 찧는 못난 나를

아내는 꿈속에서도 도시락 싸듯 달려옵니다

상추쌈

해 질 녘 당신과 밥상머리에 마주 앉아
뚝뚝 물기 듣는 상추를 털며
쌈을 싸 먹습니다
슬픔 반 기쁨 반, 입 째져라
네 한 잎 내 한 입 싸서 먹습니다
초로에 접어든 당신은
된장에 풋고추 덥석 베어 문
매운 눈물을 이제는 탓하지 않습니다
하얀 조팝나무 꽃이 흔들리는
마음 둘 곳 없는 흐린 날
두 눈 크게 뜨고 마주 보며
우적우적 씹는 후회는
아무리 빨라도 늦은 법입니다

물기 가시지 않은

배냇저고리 같은 상추 한 잎의 밤이

오늘은 누구의 슬픈 입을 찢을지 모릅니다

금 그어진 책상처럼

목에 칼 들어와도
할 말은 다 하겠다고
패기로 맞섰던 시절이 있었지만
진짜 목에 칼이 들어와
돼지 먹따듯 나를 따 버린 날

길게 그어진 칼자국이
물려받은 초등학교 책상에 그어진 금처럼
쉽게 한 줄 더 보태진
늙은 나의 목에는
더 이상 흉터가 아닙니다

그날도 그랬지요
왁자하게 책걸상을 물려받은 날

딱딱한 회초리 앞세우고
선생님은 한 말씀 하셨습니다
입 다물고 조용히 해!

진즉에 입 다물고 살았더라면
세상 후회할 일 없었을걸
갑상선암 제거 수술 후
못 금 그어진 책상 위에서
종아리를 걷은 나는,

칫솔질을 하며

요즘은 이 닦는 법을 다시 배웁니다
하루 세 번 삼종기도처럼
아침에 닦는 칫솔질은
성부와 성자와 성령의 이름으로
온종일 해 둘 말과 생각을 구석구석 닦습니다

점심때 닦는 칫솔질은
생각 없이 불쑥 튀어나온 독설과
이빨 사이 낀 악담을 닦고 파냅니다
어쩌다 부러진 이쑤시개의 분노와 마주칠 때는
이내 거품을 물고 있는 후회로
양치질을 한 번 더 해 둡니다

잠들 때 닦는 칫솔질은

하루 종일 씹고 내뱉은 죽은 언어의
껍질을 헹구어 내고
생쥐같이 몰래 들락거렸던 당신의
곳간에 경배 드리는 일입니다
하루의 재앙이 목구멍에서 나온 것을,
때늦은 반성문 같은 졸린 칫솔로
못의 혓바닥까지 박박 긁어냅니다

못의 부활

부활은 찐 달걀입니다
달걀 껍데기에 그려진 어린 별입니다
부활은 성냥개비입니다
마지막 한 개비에 불사른 캄캄한 기도입니다
부활은 하루살이입니다
하루의 천 년을 보고 투신한 오늘입니다
부활은 울리는 종입니다
오래도록 우는 것은
비어 있는 것들의 노래입니다
부활은 알이 낳은 닭의 날입니다
세 번 운 닭 모가지 비튼
새벽이 잔칫상 받으라 합니다
부활은 못 박고 못 빼는 일입니다
한 몸에 구멍 난 천국과 지옥

몸 바꾼 당신이 소풍가는 날입니다

첫 티샷을 위하여

발 앞에 놓인 공에 첫 키스를 보낸다
높이높이 오른 빌딩 숲 너머
한낮에도 번쩍이는 전광판의 패러다임
힘 빼고 스윙하는 데만 삼 년 걸렸다는
당신을 마음껏 휘두른다
까짓것, 꼭 쥐고 살아왔던 그것
놓자 놓자 놓아 버리자
하루에도 수십 번 힘주며 외쳤던
숟가락과 젓가락,
굽은 인사동 젖은 밤과
낡은 탁자와 무릎 부딪친 소주병
젖 먹은 힘을 다해 꼬옥 쥐고 다녔던
일생의 서류 가방,
70년대식 구두 뒤축에 박힌 징

오호라, 그대들이 내 편자로구나
내 유년의 천연두 자국까지 닮은
하이얀 공의 서러운 편자 자국
오늘은 내가 티 위에 꽂혀 헛스윙을 기다리마!

독도는 못이다

독도는 못이다
홀로 잠 이루지 못하는 십자가다
밤마다 눈뜨는 슬픔의 뱃머리들이
접안을 꿈꾸며 소리 내어 우는
독도는 굵은 우박이다
먼바다 나는 새들의
시계다
일출과 일몰이 한 몸인 섬
풍랑이 바람 되고
바람이 괭이갈매기로
흰 눈처럼 나는 섬
단 한 번도 몸을 허락하지 않은
숫못대가리 같은,
그래서 독도는 슬프다

대팻밥
— 못의 사회학 3

대패질을 한다
결 따라 부드럽게 말려 오르는
밥은 밥인데 못 먹는 밥
당신의 대팻밥
죽은 나무의 허기진 하루
등 굽은 매형의 숫돌 위에
푸르게 날 선 눈물이
대팻날을 간다

자주 갈아 끼우는 분노의 날 선 앞니
이빨 없는 불평은
결코 물어뜯지 못한다
먹어도 먹어도 배부르지 않는
대팻밥을 뱉으며

가래침 같은 세상을 뱉으며
목수는 거친 나뭇결을 탓하지 않는다

시시비비
입은 가볍고
혓바닥만 기름진 세상
먹여도 먹여도 헛배 타령하는
대패질은 자기 착취다
비껴 온 세상의 결 따라
날마다 소멸되는 나사렛 사람
나의 목수는 밥에서 해방된 천민이다

니가 내 애비다
— 못의 사회학 10

생후 한 달도 채 안 된 손주놈

배 속에서 먼저 배운

우는 법 하나로

젖 물리게 하고 기저귀 갈게 하고

울면 안아주고 흔들어 주고

또 울면 함께 녹초되는

니가 내 앱이다

세상살이 하나 다운받아

손아귀에 쏙 들어와 있는 스마트폰에

길도 내고 소문도 퍼뜨리는

손주 놈같이 매우 조심스러운

니가 내 애비다

보고 듣고 생각했던 모든 것들이
이제는 다 옷 입은 세상
주기도문으로 거룩히 부르는
하늘의 아버지도
머잖아 앱이 될 것이다
머잖아 내 손주놈처럼
모두 애비로 부활할 것이다

나 죽은 뒤

순례에 올랐다
가장 추운 날
적막한 빈집에
큰 못 하나 질러 놓고
헐벗은 등에
눈에 밟히는 손자 한번 업어 보고
돌아가신 어머니도 업어 보고
북망산 칠성판 판판마다
떠도는
나는 나는 나는

못대가리가 없는 별
못대가리가 꺾인 별
못대가리가 둥글넓적한 별

못대가리가 고리 모양인 별
못대가리가 길쭉한 별
못대가리가 양 끝에 둘인 별

이 모두가
나 죽은 뒤 나로 살아갈 놈들이라니!

거룩한 책

나는 거룩한 책이다
일생의 순례자들은
모두 신발을 고쳐 맬 일이다
그날 황사가 종일 불었다
드디어 모세의 지팡이는
활자를 갈랐고
나는 출애굽기를 기록했다

맨 처음 무작정 집을 나온 것은
여섯 살 때였다
전차가 타고 싶었다
땡땡땡 멈췄다가 다시 떠나는
긴 빨랫줄 같은 전깃줄을 잡고
궤도 따라 미끄러져가는

앞뒤 없는 유년
그날 꼬깃꼬깃 모은 지폐로
첫 출발의 차표를 끊었다
갑자기 사람들은 모두 뒤로 걷고
가로수와 집마저 뒷걸음치는 세상
잘 보였다

모세를 좇는 한 무리 병사들이
일진광풍을 일으키며 달려오고
읽다 둔 구약의 몇 페이지가
모래와 함께 날아가며
점자처럼 또렷하게 더듬어지는 유년의 종점
사람들은 모두 내렸다
현기증에 두 눈을 꼬옥 감은 나만

영문도 모른 채 우두커니 남아 있었다

그날 빈털터리인 어린 나는
선로 따라 울며 울며 되돌아왔다
온 집안은 발칵 뒤집어졌다
모세가 바다를 열고
피신시킨 그날
내 어린 등짝에 부리나케 떨어진 것은
부지깽이 세례였다
바깥세상을 몰래 본 은총이었다

칼국수

마음에 칼을 품고 있는 날에는
칼국수를 해 먹자
칼국수 날은 날카롭다
식칼, 회칼, 과일칼
허기 느끼며 먹는 칼국수에
누구나 자상^{刺傷}을 입는다

그럼 밀가루 반죽을 잘해서
인내와 함께
홍두깨로 고루 밀어 보자
이때 바닥에 붙지 않게
마른 밀가루를
서너 겹 접은 분노와 회한 사이
슬슬 뿌리며

도마 위에서 일정하게 썰어 보자
붓 끈 한석봉 붓놀림같이
한눈팔아서는 안 된다
특히 칼자국 난 면발들이
펄펄 끓인 다시물에 뛰어들 때
같이 뛰어들지 않도록 주의하자

고통이 연민으로 후욱 끓어오를 때
어린 시절 짝사랑 같은
애호박 하나쯤 송송 썰어
끓는 면발 사이 넣는 것도 좋겠다

우리 모두 마음에 칼을 품은 날에는
다 함께 칼국수를 해 먹자

손톱을 깎으며

그날 총과 배낭으로 무장한 전투병보다, 위생병인 나는 구급낭을 하나 더 메고 떠났다. 구급낭 속에는 압박붕대와 솜, 거즈, 지혈대 그리고 항생제와 아스피린, 지사제 등 알약과 소독, 핀셋 등 간단한 기구까지 챙겨 두었다.

작전 이튿날부터 풀에 베었거나 독충에 쏘이거나 감기에 걸린 환자가 속출했다. 하얀 알약을 처방할 때가 가장 민망했다. 손을 씻지 못해 반 토막으로 쪼갠 코데인은 늘 새까맸다. 그러나 모두 안다. 작전 때는 손톱이나 수염 깎는 것을 금기시하는 것을.

나는 손톱을 깎았다. 이판사판 깎아 버렸다. 소대원들이 수군거렸다. 바로 그 시간, 엄청난 일이 일어났다. 작전 철수다! 갑작스레 내려온 상부의 전통에 축제처럼 서로 얼

싸안았다. 지금도 손톱 깎는 날에는 좋은 일만 생긴다. 매일 깎을 수 없으니 좋은 날도 때로는 손톱 자라는 동안 기다려 주기도 한다.

다시 티샷을 하며

티를 꽂고
확 트인 세상을 바라본다
첫 티샷 때 멈춰 있던 공마저
헛친 것이 여러 번 되었듯이
헛짚고 살았던 지난날들
푸른 풀잎의 빌딩 사이에 떨어진
하얀 공으로 우리의 스코어카드를 채웠다

인생은 언제나 다음 샷 하기 편한 자리에
희망을 보낸다는 생각으로 스윙하지만
공은 걱정했던 곳에서 먼저 기다렸다

한때 새우잠 자도 고래 꿈꾸던 시절
우리 생의 미스 샷은 눈물과 깨달음까지 주었다

이제 어쩌다 홀컵 지나친 내리막 퍼팅에

쓰리 퍼트의 삶이 오더라도

후회 다음에 오는 깨달음의 상처

당신이 불러 준 이름으로 꿈꾸리라

유작遺作으로 남다

유작으로 남기고 싶지 않아
밤새 고치고 다듬는다
실컷 피를 빤 아침 하나가
냉담한 하느님과 광고를 믿지 않은
자들만 분리수거해 갔다

아침마다 뽀로로를 즐겨 보던
네 살배기 손주도 변했다
로봇으로 변신하는 자동차
또봇에 정신이 팔린 것은
우리가 관과 수의에 관심을 가질 때였다
나를 태울 장의차가 손주의 로봇으로 합체될 때
실컷 젖을 빤 아침이 와도 나는 깨지 않겠다

이제 어디에서나 이름이 빠진

내가 차례를 기다린다

내장과 비늘을 제거한 생선이

먼저 걸리는 생의 고랑대

몸만 남은 체면이 기도의 바짓가랑이 붙잡고

분노하고 절망하고 타협하고 그리고 순명하다가

무릎 꿇는 또봇의 새 아침

쩍 벌어진 애도의 쓰레기통이나 뒤져

악담 퍼부은 유작들만 분리수거되는 날이다

언제 울어야 하나

내가 병을 얻자
멀쩡한 아내가 따라서 투병을 한다
늦도록 엔도 슈샤쿠를 읽던 아내는
독한 항암제에 취한 나의 기도에
매일 밤 창을 열고
하느님을 직접 찾아 나섰다

길면 6개월에서 1년
주치의 암 선고 들었던 날 밤
날 보아요 과부상이 아니잖아요
병실 유리창에 얼비친
한강의 두 눈썹 사이에 걸린
남편을 보며
애써 웃어 보이던 아내

그래그래 아직은 서로 눈물을 보일 수 없구나
아무리 용 써 봤자 별수 없다는 것을
아는 당신과 나,

버킷리스트

시한부 병상
볼펜에서 만지작거렸던
생의 마지막 변화구인 볼펜으로
실밥 꾹꾹 눌러 던진
세 개의 스트라이크와 일곱 개의 볼
내 손을 벗어났다
견제구 두 개로
재산 파일을 수습하고
회사 대차대조표를 정리했다
커브 볼 세 개로
집사람 노후 대책
어린 손자 미래 보기
그리고 지인과 작별 준비하고
위협구인 빈볼 하나쯤으로

세상과 화해하고

일곱 번째는 직구로

꼭 가고 싶은 곳을 찾고

여덟, 아홉은 스트라이크 존에서 벗어난 볼

열 번째는 기습 번트에 출루시킨

부끄러운 내 욕망과 남루한 생의 옷가지

일생의 마운드에서

결코 교체되지 말아야 할 나는 패전투수

열 개의 버킷리스트로 기록된 자책점들!

내가 수상하다

일을 하고 있는 나를 볼 때
커피를 마시는 나를 볼 때
수상하다
아침 집에서 나온 나를 볼 때
앞의 내가 뒤의 나를 볼 때
나는 누군지 알지 못한다
내가 수상하다
몸의 다른 부위와 연결되어 있는
뇌처럼
과거와 미래의 온갖 구불구불하고
기이한 길들이
모두 수상하다

부활 축일

새벽 공기처럼 자유롭게
금방 핀 꽃처럼 싱싱하게
맑은 이슬처럼 순수하게
부활은 지금 우리 곁에 있습니다.
부활초를 켜들면
별처럼 반짝이는 십자가
빛이 있으라 하니 빛나고
어둠도 있으라 하니
더 거룩히 깊어지는
춘분 뒤에 오는
만월 다음의 첫 일요일
부활절 달걀, 부활절 토끼
부활절 백합이 문밖에서
해방된 성자를 노래하고

오늘 우리도 부활절 떡볶이
부활절 사물놀이, 부활절 춤사위로
덩실덩실 당신을 모십니다.
동트는 주님
환생의 고통을 겪고
유월절 어린 양으로 오소서
찬미 받으소서

제가 곧 나으리다

나는 기도하는 나무다
나를 둘러싼 무성한 잎들
기도의 짐이다
더러는 가지를 부러뜨린 소망들
내 마음의 겨울이 오면서
모두 땅 위에 내린
나는 무릎 꿇은 나무다

단 한 벌로 맞은 일생의 겨울
하늘로 꼿꼿이 선
마지막 한 잎의 눈물까지 떨구었다
생의 수식어를 벗은 겸허한 나무,
한 말씀만 하소서
제가 곧 나으리다

평생 너로 살다가

평생 시를 썼지만
돈 된다는 생각은 한 번도 없었지만
후배 시인은 집도 사고 생활도 꾸렸다
사양하지 못해 받은 원고료까지 셈하니
3개월 치 월급밖에 되지 못한
한 생애, 시를 살다 간다

투정도 하지 않고
한 줄에만 골몰하며
세상일 숙제하듯 내다보면서
평생 일천만 원 벌기 위해
수억 원 재능을 버린 나는
가족에게 시로 밥 한 끼 먹인 적 없다

시는

애써 외면할 수 있는 가난이었기에

이는 곧, 나다 외치고 싶지만

잘 가거라

끝내 팔리지도 읽히지도 않은

나에게 빚만 남겨 두고

떠나는 시여.

절두산 부활의 집

몸과 마음을 버려야만 비로소 머물 수 있는 곳
아내의 따뜻한 손에 이끌려
용인 천주교 공원묘지와 시안에도 들렀다
내 생의 마지막 투병하는데
절두산 부활의 집을 계약했다고 한다
신혼 초 살림 장만하듯 아내와 반겼다

절두산은 성지순례로 가족과 들렀던 곳
낮은 나에게도 지상의 집을 사랑으로 주셨다
머리가 없는
목 잘린 순교의 산
오, 나도 드디어 못 하나를 얻었다
무두정無頭釘
부활의 집 지하 3층에서

망자와 함께 이제사 천상의 집 지으리라

― 2014년 6월 22일 오후 7시 22분

연세 암병동에서

김종철 시선집

초판 1쇄 인쇄 2023년 3월 10일
초판 1쇄 발행 2023년 4월 20일

지은이 | 김종철
엮은이 | 강봉자
발행인 | 강봉자, 김은경

펴낸곳 | (주)문학수첩
주소 | 경기도 파주시 회동길 503-1(문발동 633-4) 출판문화단지
전화 | 031-955-9088(마케팅부), 9532(편집부)
팩스 | 031-955-9066
등록 | 1991년 11월 27일 제16-482호

홈페이지 | www.moonhak.co.kr
블로그 | blog.naver.com/moonhak91
이메일 | moonhak@moonhak.co.kr

ISBN 979-11-92776-44-6 03810

*파본은 구매처에서 바꾸어 드립니다.